Das didaktische Konzept zu **Sonne, Mond und Sterne** wurde mit Prof. Dr. Manfred Wespel, Pädagogische Hochschule Schwäbisch Gmünd, entwickelt.

Beim Druck dieses Produkts wurde durch den innovativen Einsatz der Kraft-Wärme-Kopplung im Vergleich zum herkömmlichen Energieeinsatz bis zu 52% weniger CO_2 emittiert.
Dr. Schorb, ifeu.Institut

Minus 52% CO_2

Mix
Produktgruppe aus vorbildlich bewirtschafteten Wäldern und anderen kontrollierten Herkünften
www.fsc.org Zert.-Nr. SGS-COC-001425
© 1996 Forest Stewardship Council
FSC

Titelbild und farbige Illustrationen von Silke Brix
Reproduktion: Domino Medienservice GmbH, Lübeck
Druck und Bindung: Mohn media · Mohndruck GmbH, Gütersloh
Printed in Germany 2010
ISBN 978-3-7891-0664-4

www.oetinger.de

Martina Baumbach

Familie von Schauerburg zieht ein

Bilder von Silke Brix

Verlag Friedrich Oetinger · Hamburg

Inhalt

Eine ganz normale Familie

„Wann sind wir denn endlich da?“, fragt Valeska. Unruhig rutscht sie auf dem Rücksitz herum.
Vladi zuckt mit den Schultern. „Siehst du den Vollmond?“, fragt er. „Ich wäre jetzt auch viel lieber draußen! Stattdessen sitzen wir seit Stunden im Auto.“
Die Schauerburgs ziehen nämlich schon wieder um. Doch diesmal wird es das letzte Mal sein! Das haben sie sich geschworen. Diesmal wird niemand ihrem Geheimnis auf die Spur kommen! Das ist so sicher, wie die Nacht schwarz ist. – Aber das haben sie bisher jedes Mal geglaubt.

Papa raschelt mit dem Stadtplan. „Wir sind fast da“, sagt er von vorne und Mama lenkt das Auto in eine Seitenstraße.
Valeska schwirrt der Kopf. Die ganze Fahrt haben sie ohne Pause Mamas berühmte Merksätze wiederholt. Valeska kann die alten Sprüche schon nicht mehr hören:

Paprika und Kirschkompott
machen müde Vampire flott.
Dreimal täglich Fleischtomaten,
damit bist du gut beraten.

Oder:

Es ist nie zu spät
für eine Blutorangen-Diät.

Und als ob die nicht schon genug wären, hat sich Mama gleich noch zwei neue Regeln überlegt:

Finger weg von den Haustieren der Nachbarn

und

Ab sofort schläft jeder in einem richtigen, echten Bett!

„Warum schaffen wir es nicht, wie alle anderen zu sein?", fragt Valeska. „Wieso ist das so schwer?"

„Du wirst sehen, diesmal gelingt es uns", sagt Papa zuversichtlich. „Und zum Glück ist Oma ja noch zwei Wochen zur Kur."

„Kur!", schnaubt Mama. „Ich will lieber gar nicht wissen, was für eine Kur das ist."

Sie wirft Papa einen missbilligenden Blick zu, „... diese Aufbaukur gegen Blutmangel."
Valeska betrachtet die Straßen der kleinen Stadt. Sie sind wie ausgestorben. „Die Normalos schlafen alle", murmelt Valeska.
„Ja, normale Menschen schlafen um diese Zeit", sagt Mama. Sie ist voller Bewunderung für diese seltsame Angewohnheit der Sterblichen. Die Schauerburgs können sich nämlich nur mühsam ans Früh-zu-Bett-Gehen gewöhnen.
„Im Moment hält man uns wohl eher für Einbrecher", sagt Vladi mit gelangweilter

Stimme. „Mama fährt schon wieder ohne Licht.“
„Heiliger Dracula!“, ruft Mama erschrocken. „Wir müssen wirklich vorsichtiger sein. Wo ist denn der Lichtschalter?“ Sie drückt nervös auf ein paar Knöpfen neben dem Lenkrad herum.
Isidor von Schauerburg lächelt seine Frau an. Sie vergisst meistens, die Scheinwerfer einzuschalten. Im Dunkeln sieht sie nämlich genauso gut wie bei Tag – vielleicht sogar ein bisschen besser. „Keine Sorge, Rufina“, sagt er. „Die Leute schlafen alle tief und …“

Da dröhnt ein unglaubliches Tuten durch die Nacht. Nicht besonders lange, aber schrecklich laut. Mama hat bei ihrer Suche aus Versehen auf die Hupe gedrückt.
Vladi prustet los. „Gratuliere, so haben uns die Leute hier gleich auf dem Kieker."
„Psst!", zischt Valeska. „Schau lieber, ob wir jemanden geweckt haben."
Gebannt starren alle in die Dunkelheit. Weit hinter der Stadt zuckt ein Blitz über den Himmel. Irgendwo bellt ein Hund und ein zweiter antwortet ihm. Doch in keinem der Häuser geht Licht an.
„So ein Glück", sagt Papa erleichtert. „Wir haben niemanden aus dem Schlaf gerissen. Sonst hätten wir uns hier gleich unbeliebt gemacht."
Vor einem der schmalen Vorgärten halten sie schließlich an und steigen aus.
„Unser neues Heim!", sagt Mama entzückt. Sie flüstert immer noch. „Es ist wunderbar hier. So wunderbar … normal." Sie hat Tränen in

den Augen. In Gedanken pflanzt sie bestimmt schon Tomaten und Rote Bete hinter dem Haus.
„Glaubt mir, bald haben wir uns eingelebt“, sagt Papa. Er legt den Arm um Mama.
„Und wir werden noch normaler sein als der Bürgermeister. Niemand wird herausfinden, wer wir sind.“

Vladi streckt sich und atmet die kühle Gewitterluft ein. Ein Kribbeln steigt ihm bis in die langen Fingernägel hinein. Es ist bestes Flugwetter heute Nacht – aber das behält er besser für sich.

Ein paar Straßen weiter hört Valeska ein Greinen. Da sind Eulen auf der Jagd, denkt sie. Genussvoll schüttelt sie sich, als ihr eine Gänsehaut über den Rücken läuft.
Sie betrachtet ihr neues Zuhause. Die Häuser rechts und links daneben sehen alle gleich aus. Ihres unterscheidet sich nur durch das große Schaufenster von den anderen.

Das Schaufenster des neuen *Friseur-Salon Schauerburg.*

Sogar die Hecken um die Gärten sind hier alle gleich hoch. Auf den Millimeter genau, denkt Valeska.

Vladi nickt. „Sie gleichen sich wie ein Sargnagel dem anderen.“

Valeska grinst und streicht über seine kühle, blasse Hand. Meistens ist Vladi ein toller großer Bruder. Aber sie sollte ihm unbedingt verbieten, in ihren Gedanken zu lesen. Dann greift sie nach ihrem Koffer und folgt Mama, Papa und Vladi ins Haus.

1000 gute Ratschläge

Am nächsten Morgen sind alle furchtbar in Eile.
„Vladi, was treibst du dadrin?“, ruft Valeska und klopft zum fünften Mal gegen die Badezimmertür. „Willst du gleich am ersten Tag in der neuen Schule zu spät kommen?“
Vladi blockiert schon mindestens eine halbe Stunde das Bad. Seit er den Spiegeltrick beherrscht, ist er morgens noch länger mit sich und seinem Aussehen beschäftigt. Valeska findet es ziemlich überflüssig, dass Vladi nun wie ein Normalo im Spiegel sichtbar ist. Wozu braucht man überhaupt ein Spiegelbild? Auf Schminken und all den Firlefanz kann sie gut verzichten.
„Gutes Aussehen kommt eben nicht von alleine, Schwesterchen!“, ruft es dumpf durch die Tür. Dann hört man nur noch das Summen des Föhns.

„Spieglein, Spieglein an der Wand …", flötet Valeska genervt. Sie wirft sich ihre Schultasche über die Schulter. „Ich geh schon los!", ruft sie. „Sonst komm ich zu spät – und das nur wegen deiner Trödelei!"
Mama drückt Valeska verstohlen ein Päckchen in die Hand. „Rote-Bete-Kekse", sagt sie stolz.
„Muss das sein?", seufzt Valeska.
„Ich hab extra Ketchup hineingetan", sagt Mama stolz. „Du weißt doch, die Kinder der Sterblichen nehmen Essen mit in die Schule."
Widerwillig stopft Valeska die Kekse in ihre Tasche und setzt die Sonnenbrille auf.

Mama und Papa begleiten Valeska zur Tür und winken.
„Einen guten Start, mein Schatz!“, ruft Papa ihr hinterher.
„Ja, und sag nicht das V-Wort …“, ruft Mama.
Valeska dreht sich um und winkt fröhlich.
„Und nimm dich vor Kreuzen und Spiegeln in Acht!“ Mama sieht besorgt aus. Als ob Valeska noch in die erste Klasse gehen würde und nicht schon in die dritte.
„Alles paletti!“, ruft Valeska zurück. „Ich weiß doch Bescheid, ich bin seit fast neunzig Jahren Vampir!“ Sie hält sich kichernd die Hand vor den Mund. „Ups, jetzt ist mir das V-Wort doch herausgerutscht!“

„Aber Valeska!“, ruft Papa ärgerlich.
„Ach, Papa! Das war doch nur ein Scherz.“
Valeska winkt wieder und will nun endlich weitergehen.
„Und kein Hellsehen! Misch dich nicht ein, wenn du ein Ereignis voraussiehst.“ Das war wieder Papas Stimme. So laut, dass es bestimmt die gesamte Nachbarschaft mitkriegt.
„Und Valeska …“ Mama läuft ihr nach. „Heute kommt der Umzugslaster mit unseren Sachen“, flüstert sie. „Lade auf keinen Fall Besuch ein, bevor wir nicht alles typisch Vampirische aufgeräumt haben. Ja?“

Valeska nickt ungeduldig. „Und ich verspreche, keine Mitschüler oder Lehrer anzuknabbern!“ Dann rennt sie los, ohne sich noch einmal umzudrehen. Aber sie kann sich Mamas und Papas entsetztes Gesicht lebhaft vorstellen.

Das verflixte V-Wort

Valeskas neue Klasse ist die 3 c. Herr Seltmann, ihr Klassenlehrer, hat sie ausgerechnet in die erste Reihe gesetzt. Valeska spürt die neugierigen Blicke der anderen. Sie bohren sich in ihren Rücken, in ihre Kleidung, in ihre Frisur. Herr Seltmann … das klingt wie Herr Seltsam, findet Valeska. Dabei sieht er eigentlich richtig nett aus.
„Ich heiße Nele“, sagt das Mädchen neben ihr.
„Valeska“, murmelt Valeska.
„Nimm doch bitte im Klassenzimmer die Sonnenbrille ab“, hört sie Herrn Seltmann sagen.
Valeska schielt ihn über den Brillenrand an. Aber sie weiß auch so, dass sie gemeint ist. Verlegen murmelt sie etwas von „entzündeten Augen“ und „so hell hier“. Wie konnte sie ihn nur vor einer Minute noch nett finden?
Herr Seltmann nickt ihr aufmunternd zu.

„Komm schon“, flüstert Nele. „Er meint das nicht böse.“
Valeska hört leises Getuschel hinter sich. Sie seufzt und setzt die Brille ab. Sie weiß genau, was jetzt passiert. Durch das helle Tageslicht fangen ihre Augen sofort an zu tränen.
Sie blinzelt und schnieft wie Sterbliche beim Zwiebelschneiden.
„Hast du Heuschnupfen?“, flüstert Nele.
Valeska nickt erleichtert über diese Erklärung. Zur Bestätigung niest sie ein paarmal. Zwar künstlich, aber täuschend echt. Gute Tarnung ist eben alles!

Als mittags der Gong ertönt, ist das Klassenzimmer im Nu leer. „Bis morgen!“, ruft Nele und läuft den anderen hinterher.
Valeska verlässt als Letzte das Klassenzimmer. Vom Ende des Flurs hört sie ein Johlen. Sie entdeckt Nele, umringt von drei großen Mädchen, die aussehen, als wären sie mindestens aus der Vierten. „Pfarrers-Töchterchen, warst du auch schön brav heute?“, rufen sie und lachen wie blöd.
Langsam geht Valeska auf sie zu. „Misch dich nicht ein“, hat Papa gesagt. Doch damit hat er ja nur das Hellsehen gemeint, oder? Und mit Hellsehen hat das hier nicht das Geringste zu tun.

Ein Gedanke zuckt kurz durch ihren Kopf: Was, wenn ihr Mut nicht bis zum Schluss ausreicht? Wenn er plötzlich aufgebraucht ist? Aber da steht sie auch schon vor den dreien. „He!“, ruft sie. „Drei gegen eine – ihr fühlt euch richtig stark, was?“

Die Mädchen sehen Valeska verwirrt an. Doch dann beginnen sie zu grinsen. „Du bist doch die Neue“, sagt eine von ihnen.

„Hat jemand was dagegen?“, fragt Valeska und versteckt ihre zittrigen Hände in den Hosentaschen. „Lasst Nele in Ruhe!“

„Uuh!“, ruft eine andere. „Und warum sollten wir das tun?“ Sie sieht Valeska grinsend von

oben bis unten an. „Lässt du deine Haare vom Henker schneiden?“, fragt sie und streckt die Hand danach aus.
Valeska weicht aus und spürt einen riesigen Wutballon in sich wachsen. Die Frisur ist ihr Markenzeichen. Das geht diese Zicke überhaupt nichts an!

„Und was versteckst du hinter deiner Sonnenbrille?“, kreischt die Nächste. „Rote Kaninchenaugen? Bist du ein Kaninchen?“
Valeska bleibt die Spucke weg. Und genau in diesem Moment platzt der Wutballon in ihr. „Nein, ich bin ein Vampir!“, schleudert sie dem Mädchen entgegen. „Und wenn du nicht aufpasst, dann …“

Der Rest des Satzes geht im Gelächter der Zicken unter. „Ein Vampir, klar!“, kreischen sie. „Und mein Opa ist ein Werwolf!“
Aber die Worte ziehen bloß an Valeska vorbei. Es ist passiert: Sie hat das V-Wort gesagt! Und alle haben es gehört. Ihr steigen die Tränen in die Augen. Sie hat alles verraten! Wie durch verstopfte Ohren hört sie Nele ihren Namen rufen. Aber Valeska will nur noch fort. Mit einem Ruck dreht sie sich um und läuft, so schnell sie kann, davon.

Heiligen Dracula!

Atemlos kommt Valeska zu Hause an. Als sie das Gartentor aufstößt, wäre sie fast über ein Roll-Regal mit Lockenwicklern gestolpert. Der ganze Vorgarten ist voller Umzugskartons und Möbel. Als hätte der Möbelwagen einfach alles über die Hecke gekippt. Valeska muss Slalom-Kurven laufen, um an dem Durcheinander vorbeizukommen.

Wie soll es da auch nur ein einziger Kunde zu ihrem neuen Friseursalon schaffen? Aber das spielt jetzt auch keine Rolle mehr.

Valeska stürmt in den Laden, als wäre eine Horde Vampirjäger hinter ihr her. Die Glastür zittert einen Moment in den Angeln und fällt dann knallend zu.

Papa zeigt zufrieden auf die beiden neu angeschraubten Trockenhauben an der Wand. „Siehst du, Rufina“, sagt er stolz zu Mama, „meine Dübel halten perfekt!“
„Isidor, du bist mein Held“, sagt Mama zufrieden. „Nicht einmal Valeskas Türgewitter hat die Hauben zum Absturz gebracht.“

Valeska atmet tief durch. „Es ist passiert!“, sagt sie dann leise mit wackeliger Stimme. „Wir können gleich wieder einpacken!“ Nach dem letzten Wort fliegt sie schluchzend in Mamas Arme.
„Aber Schatz, was ist denn passiert?“, fragt

Mama erschrocken. Sie streicht Valeska übers Haar.
„Inzwischen weiß es bestimmt schon die ganze Schule“, schnieft Valeska. Und vor lauter Schniefen kriegt sie auch noch einen Schluckauf.
„Faulige Gruft!“, ruft Papa ungeduldig. „Was weiß die ganze Schule?“
„Na, dass wir Vampire sind“, flüstert Valeska und taucht wieder aus Mamas Armen auf.

Dann erzählt sie von der Sache mit der Sonnenbrille, von den Zicken und wie alles gewesen ist.

„Wenn der Seltmann nicht mit meiner Sonnenbrille angefangen hätte …“, brummt Valeska zum Schluss. Aber das sagt sie nur, weil sie nicht ganz allein an so einem großen Unglück schuld sein will.
„Wieso nimmst du nicht wie wir die getönten Kontaktlinsen?“, fragt Papa. „Wir haben dir doch extra welche machen lassen. Die waren verdammt teuer!“ Er rauft sich die Haare. „Wir sind nun mal von Natur aus lichtscheu.“
Mama seufzt. „Haben sie dir denn geglaubt?“
Da öffnet sich mit zartem Gebimmel die Ladentür. Valeska sieht gar nicht erst hin. Vladi kommt natürlich immer dann, wenn man ihn nicht brauchen kann. Schnell greift Valeska nach einer Modezeitschrift und versteckt ihr Gesicht dahinter. Sie will ihn gar nicht sehen. Er wird sich sowieso schieflachen, wenn er hört, was ihr passiert ist.
„Hallo!“, sagt eine Stimme, die ganz sicher nicht Vladi gehört. „Du warst so schnell weg, da bin ich dir nachgelaufen!“

Valeska lässt die Zeitschrift sinken. Es ist Nele! Nele aus ihrer Klasse! Nele, die gehört hat, dass sie ein Vampir ist! Nele, die einfach so im unaufgeräumten Friseursalon steht! „Heiliger Dracula“, flüstert Mama kaum hörbar ihren Lieblingsfluch. „Es steht doch noch alles herum!“ Hektisch stopft sie ein paar Sargnägel in eine Schublade. Ihr Blick sucht weiter nach verräterischen Dingen. Da: Papas großer Wandkalender! Jede Seite zeigt das Foto einer besonders schaurigen Gruft. Es steht auch noch in großen Buchstaben *Die schaurigsten Grüfte* darauf.

Mit einer blitzschnellen Bewegung baut sich Mama davor auf.
„Ich wollte mich bei dir bedanken“, sagt Nele. Sie streckt Valeska die Hand entgegen. „Du warst toll vorhin!“
Valeska zuckt mit den Schultern. „Aber wohl nicht sehr erfolgreich“, sagt sie.
„Ich fand es mutig“, sagt Nele lächelnd. „Und die Sache mit dem Vampir war echt schräg. Die haben vielleicht blöd geguckt!“
„Es ist leider noch etwas unordentlich bei uns. Wir sind …“ Papa stockt mitten im Satz, als sein Blick auf den Notfall-Koffer fällt.

Er steht weit offen nur einen Meter neben Nele. Aber Sterbliche haben nun mal Hustensaft und keine Blutkonserven in ihrer Hausapotheke. Papa gibt dem Kofferdeckel mit der Fußspitze einen eleganten Schubs. „Wir sind noch mitten im Umzug“, erklärt er dauergrinsend, als könnte er den Koffer weglächeln.
„Kein Problem“, sagt Nele höflich. Doch jetzt sieht sie sich erst recht im Laden um. Und schon entdeckt sie die Kartons mit Fledermaus-Futter, einer Mischung aus verschiedenen getrockneten Insekten.

Vladi und Papa knabbern das Zeug beim Fernsehen wie Chips. Valeska findet das ziemlich eklig. Aber es gehört zum Anpassungs-Programm: kein Lebendfutter mehr! Und Jagdausflüge in der Nacht hat Mama sowieso komplett verboten.

„Gehen wir doch nach nebenan in die Wohnung", sagt Mama schnell, um Nele abzulenken. Sie will Nele schleunigst aus dem Laden lotsen. Aber dann fallen ihr die Koch-bücher auf dem Küchentisch ein: „100 blutfreie Gerichte", „Kochen ohne Biss", „Fleischlos glücklich" … Es wäre nicht auszudenken, wenn Nele die Rezepte finden würde! „Nein, halt!“, ruft Mama. „Besser, wir gehen in den Garten!“ Nele läuft inzwischen zickzack und weiß gar nicht mehr, wohin sie soll.

Ein Glück, dass wenigstens Oma zur Kur ist, denkt Valeska erleichtert. Sie hätte das Chaos perfekt gemacht!

Eine Sekunde später bimmelt wieder die Ladentür. Fast so, als wäre es die Antwort auf Valeskas Gedanken. Mit wehendem Umhang rauscht eine kleine, ziemlich pummelige Frau herein – Oma! Strahlend steht sie mitten im Friseursalon und genießt ihren eindrucksvollen Auftritt.

Olga von Schauerburg

„Meine Lieben! Wie schön, wieder zu Hause zu sein!", ruft Oma und verteilt Küsschen. Die Kur hat ihr gutgetan, das kann man an ihren rosigen Wangen deutlich sehen.
Hinter Oma mühen sich zwei Männer mit einem sperrigen Gepäckstück ab. Es ist eine lange, schwarz lackierte Kiste, die sie fast nicht durch die Tür bekommen.
Valeska fröstelt – Sterbliche! Als hätte Nele mit ihrem Besuch nicht schon für genug Aufregung gesorgt.
„Mutter …", stammelt Papa, nachdem er ein paarmal nach Luft geschnappt hat.
Valeska fleht alle ihre untoten Vorfahren an, dass das nur ein Traum ist. Sie schielt zu Nele.

Ihr steht vor Staunen der Mund offen. Denn das, was die beiden Männer so umständlich hereintragen, ist: ein Sarg! Omas Sarg! Entgeistert starrt Valeska auf den kleinen Trauerzug.
Mamas und Papas Gesichter werden noch bleicher, als sie von Natur aus sind.
„Schwiegermama, du bist schon zurück?“, stottert Mama. „Ich dachte …“
Oma fällt ihr ins Wort. „Schön, dass ihr euch so freut“, sagt sie gut gelaunt. „Ich war so neugierig auf unser neues Heim, da bin ich einfach schon früher abgereist.“ Sie nimmt vorsichtig ein kleines Hütchen von ihrer violetten Turmfrisur.

Nele steht stocksteif neben Valeska. „Ein Sarg …“, wispert sie. „Bist du … seid ihr … am Ende doch Vampire?“
„Quatsch!“, flüstert Valeska und kichert nervös. „Oma hat eben auf Reisen gerne einen Sarg dabei. Es wäre ihr unerträglich, keinen dabeizuhaben … ähm, falls sie unterwegs einmal tot umfallen würde.“
„Echt?“, fragt Nele.
„Nein“, sagt Valeska und kichert überdreht.

Sie hasst es, Nele anzulügen. Aber die Wahrheit – dass Oma nämlich darin schläft – kann sie ihr nicht sagen. „Das ist … das ist … die Transport-Kiste für Omas Rosenkavalier.“

Nele kriegt große Augen. „Für ihren Liebhaber?“, fragt sie. „Oder meinst du Rosen*spalier*?“ Sie lacht unsicher.
Valeska verwünscht Oma im Geheimen. „Ist doch egal, wie das Ding heißt“, sagt sie. „Du weißt schon, ein Klettergerüst für Rosen. Oma liebt Rosen über alles …“
Nele nickt, was wohl heißt, dass Valeskas Erklärung sie beruhigt. „Ja, alle Omas auf der Welt lieben Rosen“, sagt Nele ernst.

Im nächsten Augenblick stößt Oma einen entzückten Schrei aus. „Oh, wer ist denn das?“, flötet sie und mustert Nele ausgiebig.

„Das ist Nele, meine Freundin", sagt Valeska. Vielleicht ist das Wort „Freundin" ein bisschen voreilig. Aber Oma soll wissen, dass Nele unter ihrem Schutz steht.
Und zu Nele sagt sie: „Das ist meine Oma, Olga Schauerburg. Sie wohnt bei uns."
„Olga *von* Schauerburg, bitte", sagt Oma und schnalzt mit der Zunge. „Ihr jungen Leute habt keinen Sinn mehr für Tradition."
Papa nimmt Omas Arm. „Wie kommst du dazu, zwei Sterblichen dein … dein … Gepäck anzuvertrauen?", raunt er ihr ins Ohr.

„Was regt ihr euch denn so auf?“, fragt Oma. „Die beiden Herren helfen mir nur beim Umzug.“

„Meinst du, sie sind blind?“, fragt Papa ärgerlich. Dann beugt er sich so nah zu ihr, dass seine Nase ihre Locken berührt. „Die wissen genau, was sie da herumschleppen“, zischt er. „Und Valeskas Freundin auch!“

„Das kriegst du schon wieder in Ordnung“, flüstert Oma zurück. „Benutze doch einfach den ‚Blick‘ …“ Sie tätschelt gut gelaunt Papas Wange. „Wozu hast du die Gabe denn sonst geerbt?“ Dann marschiert sie samt Möbelpackern und Sarg in Richtung Keller davon.

Valeska verdreht die Augen. Oma verlässt sich einfach immer auf Papas Hypnose-Künste. Aber was ist, wenn es mal schiefgeht?
„Ich muss leider gehen“, sagt Nele. „Es gibt gleich Mittagessen.“

Mama reicht Nele die Hand. „Besuch uns doch wieder, wenn wir alles eingeräumt haben. Eigentlich sind wir nämlich …“, Mama überlegt, „… ganz normal“, sagt sie dann stolz.
Zu dritt sehen sie Nele nach, wie sie die Straße hinunterläuft.
„Nettes Mädchen“, sagt Mama nachdenklich. „Aber hoffentlich erzählt sie ihren Eltern nicht zu viel über uns.“
„So schlimm waren wir doch gar nicht“, sagt

Papa. „Trotzdem will ich mich mal darum kümmern, dass sich Omas Sargträger nicht mehr an diesen Job erinnern. Aber jetzt zum allerletzten Mal!“
Dann zwinkert er verschmitzt mit den Augen, denn das hat er schon oft gesagt.

Nur ein bisschen hellsehen

Nach einer schlaflosen Nacht huscht Valeska als Letzte ins Klassenzimmer. Lautlos lässt sie sich auf ihren Stuhl neben Nele gleiten.
„Ich dachte schon, du kommst nicht“, flüstert Nele, die Nase dicht über ihr Heft gebeugt.
„Doch, natürlich“, flüstert Valeska zurück.
Sie tut cool, aber in Wahrheit ist sie furchtbar aufgeregt. Was denkt Nele wohl von ihr nach dem Durcheinander gestern bei ihr zu Hause? Immerhin ist sie nicht gleich schreiend davongelaufen, als sie Omas Sarg gesehen hat.
Als Entschädigung hat Valeska ein Geschenk für Nele dabei. Es ist schwarz, so groß wie ihre Hand und etwas ganz Besonderes.

Oma hat es aus ihrer Kur mitgebracht.
Valeska schiebt es Nele über den Tisch zu.
„Eine Fledermaus?“, fragt Nele entgeistert.
„Probier mal!“, sagt Valeska. „Die schmecken gut!“
Nele verzieht den Mund und schüttelt sich.
Dann stupst sie die Fledermaus mit dem Bleistift zurück auf Valeskas Tischhälfte.
„Nein, danke“, sagt sie.
„Wieso nicht?“, fragt Valeska. Aber plötzlich geht ihr ein Licht auf. Grinsend schiebt sie die Fledermaus wieder zurück. „Keine Sorge, die ist aus Lakritz!“

Herr Seltmann räuspert sich. „Na, habt ihr beiden nun alles besprochen?“, fragt er lächelnd. „Seid ihr bereit, mit uns Mathematik zu machen?“
Das sagt er ganz nett, aber Valeska wird trotzdem puterrot. Wenn sie sich nur hinter ihrer großen Sonnenbrille verstecken könnte. Aber heute trägt sie die Kontaktlinsen.

Deshalb ist sie ja auch fast zu spät gekommen. Die verflixten Dinger waren nirgends zu finden. Später auf dem Pausenhof sitzen Valeska und Nele zusammen. So selbstverständlich, als wären sie seit der ersten Klasse Freundinnen. Valeska hat noch nie eine Freundin gehabt.

Wie hätte das auch gehen sollen? Sie mussten doch immer bald wieder umziehen.
„Ich finde deine Familie toll“, sagt Nele und beißt in ihr Pausenbrot. „Ihr seid so … anders.“
„Anders?“, ruft Valeska alarmiert. Das ist das Schlimmste, was Nele denken kann. „Blödsinn, wir sind genau wie alle anderen!“
„Und deine Oma ist echt süß!“, sagt Nele.
Oma! Es durchzuckt Valeska, als hätte ihr Nele ein Kruzifix vor die Nase gehalten.
„Ich wollte dich … sowieso fragen“, stottert Valeska. Dann holt sie tief Luft und gibt sich einen Schubs. „Ob du vielleicht … deinen Eltern nichts von Omas schwarzer Kiste erzählen könntest?“

Valeska wagt kaum, Nele anzusehen.
„Mach dir keine Gedanken!", sagt Nele fröhlich. „Bei uns steht auch manchmal ein Sarg vor dem Haus!"
Valeska reißt die Augen auf. Jetzt kapiert sie wirklich gar nichts mehr. Die Gedanken kullern ihr nur so durch den Kopf. Ist Neles Familie etwa auch …? Nein, das hätte sie doch längst gemerkt. Ein Vampir *spürt* einen anderen Vampir selbst am helllichten Tag.
„Ich weiß, es klingt irre!", sagt Nele und grinst verlegen. „Aber mein Vater ist der Pfarrer hier. Wir wohnen direkt neben dem Friedhof."

„Na, heute Nacht zu zweit den Mond angeheult?“, fragt da eine bekannte Stimme dicht hinter ihnen. Die drei Zicken von gestern stolzieren direkt auf Nele und Valeska zu. „Du verwechselst Vampire und Werwölfe“, sagt Nele schnippisch und legt ihren Arm um Valeska. „Frag mal deinen Opa. Hast du nicht gesagt, er wäre ein Werwolf?“

„Du nervst“, sagt die Oberzicke zu Nele. Dann zeigt sie mit dem Finger auf Valeska. „Vampirmädchen, ist das da Blut an deinem Mund? Hast du heute schon jemanden gebissen?“

Sie sieht sich nach ihren Freundinnen um. „Von uns jedenfalls niemanden“, sagt sie und gickelt los.
„Sag bloß, du kannst bis drei zählen?“, sagt Nele und ihre Augen funkeln.
Valeska wischt sich über den Mund. „Das ist bloß Ketchup“, sagt sie gutgläubig.

„Reingefallen!“, brüllen die drei und kriegen sich fast nicht mehr ein. „Sie hat echt geglaubt …“
„Geht lieber ein Stück zur Seite!“, ruft Valeska übermütig. „Sonst fällt euch nämlich gleich was auf den Kopf!“

Erschrocken presst sie die Lippen aufeinander. Manchmal kommt das Hellsehen einfach von selbst. Ohne dass sie etwas dagegen tun kann.
„Hellsehen kannst du auch?“, gackern die drei. Sie legen den Kopf in den Nacken. „Du meinst, es fällt was vom Himmel?“
Doch ehe Valeska etwas erklären kann, passiert es schon. Man hört nicht viel mehr als ein „Plitsch!“. Sehen kann man es dafür umso deutlicher.

Ein großer, weiß-grauer Klecks, der sich spritzend über die Schuhe der Oberzicke verteilt.

„Iiih, ist das Vogelkacke? Das ist ja widerlich!" Aufgescheucht wie Hühner, die Besuch vom Fuchs bekommen haben, hüpfen die drei umher. Sie gackern auch wie Hühner: „Oh, du Arme! Was für ein Pech! Deine neuen Schuhe sind total ruiniert … wie konnte die Neue das vorher wissen?"

„Komm, wir hauen besser ab", flüstert Nele. Ein ganzes Stück weit ist das Geschrei der drei noch zu hören. Die Oberzicke tut Valeska sogar fast ein bisschen leid, denn die Schuhe waren wirklich schön. Aber Papa sagt sie lieber nichts davon – obwohl, so richtig hellsehen war es ja nicht. Oder?

Nie wieder umziehen

Es ist drei Uhr. Valeska lässt den Blick noch einmal durch ihr Zimmer schweifen. Es ist absolut vorzeigbar. Jetzt kann Nele kommen. Eine Sekunde später klingelt es. „Ich mach auf!“, ruft Valeska und stürmt die Treppe hinunter.

Aber Vladi war schneller. Er hat Nele gleich in ein Gespräch verwickelt. Da kommen auch noch Mama und Papa vom Einkaufen zurück. „Wir haben groß eingekauft“, erzählt Mama und zeigt begeistert auf die vielen Tüten. „Wir waren in vier Supermärkten!“

„Die feinsten Blutorangen der Stadt!“, sagt Papa.

Nele beäugt die Tüten. „Aber da sind einzig und allein Blutorangen drin“, sagt sie entgeistert. „Mindestens fünfzig Kilo!“
„Äh, wegen der Vitamine“, erklärt Valeska schnell, „das ist gesund!“
„Und es schont die Haustiere der Nachbarn“, brummt Vladi.
Dussel, wenn sie das gehört hat!, denkt Valeska, und diesmal hofft sie sehr, dass Vladi in ihren Gedanken liest.
Später sitzen Valeska und Nele auf Valeskas neuem Bett und löffeln Himbeereis. Valeska ist stolz auf ihr Normalo-Bett. Auch wenn es ein bisschen unheimlich ist, ohne Deckel zu schlafen. Die ersten Nächte hätte sie lieber mit Oma getauscht.

„Hast du eine Freundin dort, wo ihr herkommt?“, fragt Nele.
Valeska schüttelt den Kopf. „Wir sind nirgendwo lange geblieben … Und jetzt müssen wir bestimmt auch bald wieder umziehen.“ Bei diesem Gedanken wird es Valeska schwindelig im Bauch. Sie nimmt noch einen Löffel Himbeereis.
„Wieso das denn?“, fragt Nele.
„Na, wegen dem Vampirverdacht“, murmelt Valeska.
Nele prustet los. „So ein Quatsch!“, ruft sie. „Jeder weiß, dass das nur ein Witz war! Du hast doch nicht mal Vampirzähne.“

Nur ein Witz … Valeska nickt nachdenklich. Klar, nur ein Witz! So, wie Nele das sagt, klingt es wie die normalste Sache der Welt. Sie fährt sich mit der Zunge über die polierten Eckzähne – und von Dr. Drax' Spezial-Zahncreme muss ja keiner erfahren.

„Aber schade eigentlich", sagt Nele und zwinkert Valeska vergnügt zu. „Ich hätte nämlich nichts dagegen, wenn meine Freundin ein Vampir wäre!"
Valeska spürt das Himbeereis in ihrem Mund süß und cremig schmelzen. Nele hat

tatsächlich „meine Freundin“ gesagt! Rasch verschränkt Valeska die Arme, damit sie Nele nicht vor Freude um den Hals fällt. Selbst ein winzig kleiner Biss würde jetzt alles verderben. Es fühlt sich wirklich verdammt gut an, eine echte Freundin zu haben, und Valeska ist sich ganz sicher: Hier werden die Schauerburgs für immer bleiben. Sie werden nie wieder umziehen – zumindest die nächsten hundert Jahre nicht.

www.LunaLeseprofi.de

Hallo!
Ich bin Luna Leseprofi. Mit meinem Ufo fliege ich durch das All. Wenn ich lande, ist großer Lesespaß angesagt. Ich bin immer auf der Suche nach neuen Lese-Freunden.

Finde die Antworten auf die 6 Fragen und fliege mit in meine Internet-Welt mit vielen spannenden Spielen und Rätseln.

Leserätsel

1. Warum mussten die von Schauerburgs umziehen?

M: Valeskas Papa hat die Arbeit gewechselt.

V: Jemand hat herausgefunden, dass sie Vampire sind.

T: Die alte Wohnung ist zu klein geworden.

2. Valeskas Eltern arbeiten als

R: Ärzte

E: Lehrer

A: Friseure

3. Valeska und Nele freunden sich an, weil …

M: Valeska Nele verteidigt.

N: Nele Valeska zum Kakaotrinken einlädt.

O: Nele bei Valeska abschreiben darf.

4. In der Hausapotheke der Schauerburgs gibt es

P: Blutkonserven

A: Pflaster

D: Hustensaft

5. Welches Nahrungsmittel wollen die Schauerburgs nicht mehr essen?

H: Nudeln

S: Obst

I : Fleisch

6. Warum ist Oma zur Kur gefahren?

L: Sie hat Rheuma.

R: Sie musste unbedingt Blut trinken.

E: Sie hat dort eine Freundin besucht.

Lösung: __ __ __ __ __ __

Hast du das Rätsel gelöst?
Dann gib das Lösungswort unter
www.LunaLeseprofi.de ein.
Hole deine Familie, deine Freunde
und Lehrer dazu. Du kannst dann
noch mehr Spiele machen.
Viel Spaß! Deine Luna